KB194205

백성일 시선집

푸른 하늘 아래서

도서출판 지식나무

푸른 하늘 아래서

산천은 싱그러운 녹음이라
산들바람에 실려 오는
한 올 머리카락
구름 한 줌 없는 푸른 하늘
청춘의 과오에 짓눌려
차마,
눈부시어 시린 눈을 둘 데 없다
티 없이 맑은 하늘
연정(戀情)이라 써 놓고
쑥스러워 웃음 먹고 돌아서니
바람 속에 실려 온 버들잎 하나
그냥,
설레는 가슴 안고
발아래 머물 뿐

목록

충청권 일간지 대전투데이 시의 향기에
매주 한 편의 시를 연재했다.
2023년 1월부터 2024년 12월까지
2년 동안 연재한 총 92편의 시를
목차 8부로 정리하였다.

목차

1부

2부

3부

4부

5부

6부

7부

8부

시인의 말

1부

멈추고 싶은 시간

인정이란 눈곱만큼도 없으며
재주는 하늘이 부린다
쉼 없이 흘러가는
강물도 뒤돌아 오지 않으며

해 뜨라 하면 해 뜨고
달 뜨라 하면 달 뜨고
앞산의 나무
단풍 들어라 하면 가을이라

세상의 모든 것 손바닥 안
노인은 아침상 물리고
돌아서면 저녁이라

말 한마디, 불평도 저항도 없이
앞으로 갈 뿐
하늘 같은 냉정함이 실체도 없이
그저, 따를 수밖에

이명(耳鳴)

이상한 놈이 잠든 사이
머릿속에 느티나무 한 그루 심어 놓았다
아무리 뽑아버리려 해도 안된다
어느 날 나도 모르게
수많은 매미들이 귓구멍으로 들어와
느티나무에 앉아 울기 시작한다
주객이 전도되었다
상대의 존재는 안중에도 없다
가만히 들어보면 기호학 같은 슬픈 사연과
아픈 상처가 소리 되어 토해낸다
나도 따라 슬프고 우울하고 점점 미쳐간다
슬피 울면서 다가와
그냥 정 붙이며 같이 살자 한다
억장이 무너진다 안방도 빼앗기고
아무리 생각해도 누가 머릿속의
느티나무만 뽑아주면,

겨울 장미

담벼락 옆 손바닥만 한 화단
동짓달이 코 앞에 왔는데
세월을 잊었는지
시간을 잡아놓았는지
하얀 얼굴이 두리번거린다.
기다림에 지쳐 눈송인 양
큐피드의 향수를 그리워하며
오월의 추억을 먹으면서
매서운 바람에
수줍음도 던져버렸다
지난날 함께 하지는 않았지만
외로움에 물든 나는
큐피드를 닮은
함박눈이 되고 싶다
오월의 향기도 날아가고
그래도,
장미는 장미이기 때문이다

연(鳶)줄 같은 밤

꼬리를 물고 끝없이
달려 가는 생각
머물고 싶은 곳 찾지 못하여
동지섣달 긴긴밤
이리 뒤척 저리 뒤척
마음이 안갯속으로
빨려 들어간다
봄아지랑이가
홍매화 향기로 날려버리고
산천이 붉게 물들이는
눈 한번 뜨고 감는 순간이다
가슴 울렁이는 설레임
여명의
닭 홰치는 소리에 날아간다
연(鳶)줄 같은 밤
마음은 허우적거리고
문풍지 우는 소리가
적막을 깨운다

바람의 약속

며칠 전 나 보란 듯이
봄내음 담아와
내 면전에서
오만가지 자랑 다하고
동지섣달에 칼바람 친구와
심하게 신세졌다고
정중히 사과하며
다음에 올 때는
앞산 뒷산 진달래꽃 향기
실어 오겠다. 해놓고
천방지축이고
신용 없는 줄 알았지만
입춘 지나간 지가 언제인데
시절도 약속도 잊어버리고
내 면전에 찬 기운 뿌리네.

대문 지키는 소나무

눈 오는 날은 허수아비처럼
비 오는 날은 찢어진 우산 들고
바람 부는 날은 춤도 춘다,
사시사철 푸른 옷 한 벌밖에 없는 너 가
때론 연민의 정도 느끼지만
너는 안중에도 없고
지조 높게 한 자리에서 평생을 보낸다,
하늘 같은 고집과 절개
잡기와 부정을 막는 재주
수호신의 능력 알고 있다

나는 아부한다,
푸른 너를
사시사철 시원한 솔향기
받아 가기 위하여

홍매화

노을이 붉게 물들어
님의 입술 마음 담아
모듬내 매화밭에
사뿐히 내려앉는다
꽃망울
터지는 소리가 바쁘다
외면할 수 없는 나
가슴 울렁인다
오래전 수줍음이 많아
차마 고백 못하고
멀리서 짝사랑했는데
그대 이름을 빌려
내님 향기 맡는다

청명

어미소 밭갈이 하는데
송아지 묶어 놓았다
겨울 추위도
봄기운이 갈라놓고
높은 산 잔설도
봄비가 녹여 버리고

회천 알터 자두밭 꽃물
온 마을 물들게 하고
시샘이 난 금산재 벚꽃
만개하여 스스로 옷을 벗다

이제 보니
청명이 여기 있었네
겨우내 움츠리고 있으면서
널 그리워했는데
너와 벗하여
한 잔 술이 두 잔 되고
두 잔 술이 석 잔 되다

지진

땅 속에서 귀신들이 잔치하면서
부르는 노랫소리
난생처음 들어보는 음흉한 무서움이
땅울림까지 있어 어지러움과 싸우며
몸 둘 곳 찾지 못하고 하늘을 본다
달님도 두려워 구름으로 얼굴 가리고
곁눈질로 그냥 보고만 있다
나약한 인간이 지푸라기도 잡듯
과오를 생각하면서 마음 다스린다.

한참 후, 평온을 찾으며
귀신들도 잔치가 끝났는지 조용하다
땅속의 노래 소리는 기억으로 남고
과오의 순간들도 사라져 가며
일상의 시간으로 돌아오는데
사람들의 건망증은 끝이 없어라

봄 향기

봄은 봄인데
머리에는 하얀 눈이 녹지도 않고
꽃다발 한 아름씩 안고 있는 할배들
신호대기가 떠들썩하다
젊은 여인들 속삭이는 소리가
노인대학 졸업식 날인가 보다.
조합장 선거에 투표하고
한 다발씩 선물 받았다

봄향기 가슴에 안고
살랑거리는 봄바람 속에
그리운 님의 머리카락 내음이
심장을 요동치니 아직도 청춘이다
갑자기 신호등 소리가 생각을 날리고
쑥스러워 속으로 웃는다
꽃다발은 님의 향기를 담고
봄바람이 청춘을 깨운다

고요하여라

회천의 강물도 숨죽이고
느리게 쉼 없이 흘러간다
앞산 소나무도 비밀스럽게
요동없이 조용하다
엷은 회색 구름도 하늘인 양
변신하여 숨어들고 있다
고요는 적막을 낳고
암흑과 두려움의 고통을
불러오며 태풍전야같이
때론 세상을 비웃는다
강물도 구름도 내 걸음걸음도
쉼 없이 흘러가고
흔들리는 내 마음도
고요하여라

2부

책꽂이

반백 년이 지나는 동안
내 잠재 속에 숨어 있다가
파란 꽃이 피어
불쑥 나타났다
버려진 몰골로 지쳐있는 너
고사리 같은 손으로 씻고 다듬어
앉은뱅이책상과 짝하여
소중한 내 모든 것들 넣어두며 설레었다
육 남매와 자식들 어머니까지
두루 인연 맺어
돌고 돌아 또다시 나에게로 왔다
오래전 온몸에 좀이 먹기 시작하여
고사 직전 고심 끝에 파란 페인트칠했다
지금도 윤기가 있고 젊음이 있다
비워둔 방 웃머리에 두고
좋아하는 시집으로 채우고
오랫동안 잊은 사연들 시를 쓰면서
파란 꽃향기 속으로 빨려 들어 갈란다

낙화하는 벚꽃 길

눈이 내린다
함박눈이 내린다
봄바람 살랑이며
따스한 햇살 속에
향기 실어 나르고
내 님 젖무덤 같은
그리운 꽃내음
꽃이 좋아
바람 따라 모이며
서로 살 비비고
걸음걸음 조심스러워
하마,
다칠세라
그냥 향기만 쫓아간다.

바람

마음 가는 대로 제집처럼
실체도 보이지 않으며,
아지랑이 속으로 봄내음 실어오고
매화향기 업고 와 겨울을 밀어버린다
소나무가지 흔들어 살아 있음을 알리며
먹구름 불러 태풍의 위력도 자랑한다
난폭함이 지나쳐 꾸짖으면
변덕이 죽 끓듯 하여 멀리한다
서슬 시퍼런 칼날로 슬쩍 겁주며
이목구비가 있는지 없는지
어느 놈이,
어느 놈인지 재주는 하늘 같으며
그래도 내일을 같이 한다

못 다한 일들

석양에 올라탄 삶의 가치를
찾기 위함도
노란 은행잎에 취하여
조급함 이기지 못해
허우적거리며
모든 생각들이 허구라면
억울할 것이다
바람이 실어 나르는 낙엽
발아래 모여들며
하나 둘 멀어져 가는
푸른 시절의 추억 속에
못다 한 일들이 산적하다
이제 삼수갑산 가더라도
가슴에 묻어온 노란 은행잎들
시(詩)가 되어 날아갈 것이다

나팔꽃 사랑

어둠이 싫어서 몸 숨기고
새벽을 기다리며 일출과 함께
크게 소리쳐 노래한다

태양을 빌려 온몸으로 사랑하며
육신의 남아있는 한 방울 피까지 불태워
빠르게 지나가는 시간 잡을 수 없어
그냥, 온 힘을 다하여 노래한다

맺어진 인연들도 말없이 스쳐 지나간다
원망 없이 쓸쓸히 일몰과 함께 몸 던지며
죽어가는 짧은 사랑을 추억으로 남기고
시들어 가는 얼굴에도 미소가 가득하다

꽃이 좋아

큰 애벌레 한 마리가
느리게 느리게 걸어간다
물도 식물도 없는 시멘트바닥
끝없는 사막으로 걸어간다
길 한 번 잘못 들어 죽음으로
느리게 느리게 종일 지옥으로
미련한 믿음 하나로
목숨 걸고 가는 길
나는 하늘이 되어 바라보고 있다
성충의 고통을 생각하고
호랑나비의 부활을 생각한다
애벌레 한 마리 잡아
풀잎 위에 슬쩍 올려준다
호랑나비 되어 천국에서
꽃 찾아 날아다니는 꿈 꾸면서
나도 하늘에서 꽃 찾아다니고 싶다
너처럼

세월이 벗이다

미우나 고우나
날밤 가리지 않고
만나는 너를
어찌 잊을까
해와 달과 벗하여
한 잔 술에 취할 바엔
이름 모르는 풀꽃
또한,
나의 벗이다

꽃

남자는 꽃이 아니다
남자가 꽃이 꽃으로 보일 때
비로소 꽃이다
여자는 꽃을 좋아한다
여자가 꽃으로 보이면
그냥 꽃이다
꽃이 꽃을 좋아 모이면
꽃이 아니다
꽃은 남자를 만났을 때
향기가 있다

우리 집 가는 길

아장아장 걸어가면
뒤에서 할매가
따라온다
우리 집 가는 길
꿈에만 보인다.

뒷둥뒷둥 걸어가면
뒤에서 할배가
따라온다
우리 집 가는 길
꿈에만 보인다.

넘어지면 다칠세라
손뼉 치며
따라오는 할배 할매
우리 집 가는 길
꿈에만 보인다.

유월의 노래

푸른 하늘에
하이얀 구름이
하늘인 양
맑은 내 마음을
혼란스럽게 하니
바람아!
저기 저 하늘을
싱그러운 유월의
향기로 씻어주고
내 님의 머리카락을
아카시아
꽃잎으로 물들이라
향기에 취하여
유월을 노래할 것이다

단오날

왕성한 양기 넘치는 날
백발을 잠재우고
청춘을 불려 오기로 한
두발 변신의 약속

시인 굴원의 영혼도
창포물로 머리 감는 전설도
내 생각밖이다

그대의 마음 뜨거워지고
나의 애절함이
장미꽃
한아름 안고 있다

능소화의 삶

초록적삼 우아한 여인
하늘높이 올라간다 세상이 궁금하여
붉게 물들어 가는 마음
담장 너머 세상을 기웃거린다
수많은 객들 아무리 찾아도
임은 보이지 않는다
긴긴 사연들, 향기 뿌리며 외치지만
임은 보이지 않는다
사랑을 구애하는 객들 끝내 외면하고
지난 세월이 가슴 터지도록 원통하여
피 맺히도록 노래한다
요염하다는 비난은 꿈으로 날리고
시들어가는 몰골 숨기고 싶다

전설의 삼천궁녀가 오늘인 것을
끝내 죽어도 아니 죽는 낙화유수
화사한 주홍빛 얼굴 미소가 가득하다

3부

안경

어느 날부터
별로 관심도 없는 것이
수족 같은 실세가 되어
본능적으로 찾으니
노예가 따로 없다
때론 지겹도록 따라붙어서
슬쩍 따돌리고 살아보니
세상은 거짓으로 가득하다
비로소, 소중함이
물과 공기처럼 사랑하자
각박한 세상
숨김없이 밝게 보여주어
그저, 고마울 따름이다

푸른 하늘 아래서

산천은 싱그러운 녹음이라
산들바람에 실려 오는
한 올 머리카락
구름 한 줌 없는 푸른 하늘
청춘의 과오에 짓눌려
차마,
눈부시어 시린 눈을 둘 데 없다
티 없이 맑은 하늘
연정(戀情)이라 써 놓고
쑥스러워 웃음 먹고 돌아서니
바람 속에 실려 온 버들잎 하나
그냥,
설레는 가슴 안고
발아래 머물 뿐

그림자

수박 한 통 들고
허리 반 굽혀 허우적거리다
자세히 보니 걸음걸이 하나도
힘에 지쳐 조심스럽다
평생 동행 하면서도
오늘 비로소 보았다
팔공산 갓바위까지 단숨에 올라가고
쌀 한 포대는 한쪽 어깨에 올리고
또 한 포대는 허리에 차고서도
고무풍선처럼 몸이 가벼웠다
너는 나고 나는 너고
어디 갔나 하고 보면
벌써 발 밑에 와 있고
한 몸 같이 살았다
오늘 너를 보니 가슴이 애처롭다
그동안 쌓인 정 태산 같은데
어찌 모른 척할 수 있나
근력에는 장어가 좋다고 하던데,

노을

서녘 하늘 붉게
이글거리는 노을
아무도 모르게
한 바가지 퍼 담아
늦은 저녁나절
울타리 물주는 내 님
손톱을 슬쩍 담갔더니
봉숭아 꽃물
붉게 물들었네

감투

어느 날 자고 나니
머리맡에 감투 하나가 놓여 있다
나라에서 녹봉 받는 것도 아니고
봉사하는 명예스러운 것도 아니며
그저 먹고 놀고 만나고 헤어지는
친목회 회장이다
때론 월급처럼 내어 놓아야 하며
얼마나 무거운지 한번 쓰면
스스로의 힘으로는 벗을 수가 없다
살다가 보니 목의 힘이 빠지면서
저절로 뚝 떨어진다.
벗는데 한 세상 다 갔다
목은 시원한데
은근히 그리워질 때도 있다
허황한 생각이,

어머니의 부채바람

삼베적삼 우아하게 차려입고
둥근 부채 들고
삼복더위 몸으로 막으며
이마에 포도송이 같은 땀방울이
둥근 부채질에 자맥질한다

모듬내 다리 밑에서
바람들이 동무하여 몰려오고
매미소리 베개 삼아
늙은 아들 코 고는 소리

부채질하는 어미는
아주 오랜 예전의
지아비 모습 떠올리며
하나 둘 떨어지는 땀방울이
행여나, 늙은 아들 얼굴에
떨어질세라 조심스럽다

어미의 찌든 얼굴이
그새 호박꽃처럼 환하다

33

마음이 둘이다

동지섣달 칼바람은
회천 뚝 버드나무가지 흔드는 기세
눈바람과 한패 되어
당한 서러움,
아랫목 이불속에 발 묻고
다짐하면서
칠팔월 한여름을 그리워했다

오늘 너는 인정머리라고는 찾을 수 없다
바람도 쫓아버리고 따가운 햇살,
그늘 찾아 우왕좌왕하는데
호박넝쿨과 고구마줄기도 초주검 되어
살려 달라하는데
옆에서 들깨가 눈치만 본다
감나무 그늘에 앉아
동지섣달 매운바람 또 그리워진다

가로등

비가 내려도
눈이 내려도
바람이 불어도
사시사철 변함없이
보름달이 뜬다
우리 집 마당

너에 고집은 땅
나의 고집은 하늘
그래도
그믐달 보다
보름달이 좋다
우리 집 마당

목욕탕에서

열탕에 들어가서 뜨거운 고통을 전신이 이기면
한여름 할머니가 등물 해주시던 시원함이 있다
실 눈감고 누워 음절도 모르는 시조 중얼거리며
졸음을 즐긴다.

천장이 새롭다
세상천지가 다이아몬드와 진주로 꽉 차 있다.
밤하늘의 별처럼
마누라 하고 연분 맺은 반백년
심심하면 반지타령 하더니 고희가 되니 잊은 모양이다

이참에 제일 큰 다이아몬드로 반지 만들고
진주 우아한 것만 골라 목걸이 만들어
내 가슴 깊은 곳에 숨겨 놓았다가
다가오는 결혼기념일에 선물해야겠다

졸음에서 깨어나니
문득 마누라 문자 생각난다.
"내가 미쳤지. 눈에 콩깍지 씌었지"
그러면 이참에 빨간 장미꽃 한 송이
등 뒤에 숨겨 슬쩍 내밀어볼까

대전투데이 시의 향기 2023년 9월 8일 게재

여름 끝자락에서

여름 끝자락에서 마지막 힘을 다하여
처마 끝에 대롱대롱 매달려
힘겹게 붙어 몸부림치는 너는
숨쉬기도 갑갑하게 권력을 남용했다

가을이 처서를 앞세워
무더위를 사정없이 밀어내며
또다시 권력은 가을로 이동한다

마음 간사하여
푸른 녹음도 쉽게 잊어버리고
서늘한 바람과 함께
빠르게 물들어간다

서운하게 생각하지 마라
살아 있다면
또다시 만나는 날 있으리라,

37

파리

아무리 미물(微物)의 생이지만
별로 죄책감 없이
무슨 염라대왕처럼
눈에 보이는 대로 휘두른다.
주위 빙빙 돌며 신경전으로 조롱하니
호시탐탐 기다려 사정없이 내리친다.
소나기 바위에 떨어지듯이
무슨 업장(業障)이었기에
문득 가슴이 덜컹거린다
슬그머니 구석진 곳에 밀쳐놓았다
한 참 후 보니 어디 갔는지 없다

파란색 칫솔

벌초를 끝내고 소나무 그늘에 앉아 땀을 훔치면 시원한
바람이 젊은 시절 파란 이파리를 데리고 논다

삼십 대 중반 어느 가을날, 큰아버지가 서울 나들이하고
돌아오면서 내가 사는 것이 궁금해 오셨다 화장실에서 칫
솔통에 여러 칫솔 중에 어느 것이 내 칫솔인지 묻는다.
파란색이라 하니 주저 없이 내가 미처 새 칫솔 있다고 말
씀드리기도 전에, 칫솔에 치약을 짜고 이를 닦으신다.
이후 나는 칫솔을 새것으로 바꾸었다.

세월이 한참 지난 어느 날, 칫솔 통에 주인 없는 파란색
칫솔을 보았다 나를 보고 반갑게 인사한다, 아직도 여기
있었나 하고 그 칫솔을 뽑는 나는 그만, 장승이 되어 넋
놓고 말았다 가슴에서 치밀어 오르는 감정을 억제 못하고
아아 이것이 참 사랑이구나, 큰아버지가 사용하시던 칫솔
을 내가 거리낌 없이 사용할 수 있을까 그 사랑을 깨닫지
못하였으니, 한없이 흐르는 눈물도 닦을 생각 없이 그냥
멍하니 서있었다,

옆에서 이제 내려가자 재촉한다, 나는 추억을 떠나보내고 엷은 미소 지으며, 큰아버지께 다시 한번 인사 올리고 더벅더벅 산을 내려온다,

4부

가을바람

때론 하루가 지루할 때도 있지만
토요일인가 하면
일요일은 덤으로 넘어가고

회천 모듬내 코스모스 밭에는
꽃잎이 파도 같지만
향기는 멀어지기만 하는 것을

불어오는 바람 앞에 고개 숙이고
돌아서면
숨 막히게 찌던 무더위는 어디 가고

소매를 내려야 하는
한가위 바람에
가슴 설레다

단감나무

뒷집, 감나무집 딸 순옥이 시집가라고 하면
얼굴 빨갛게 달아올라 죽어도
시집 안 간다고 도망가더니만
추석이라 보름달 같은 아들 안고 와서
신랑 자랑하며 친정집이 부산하다
대문간 옆 단감나무는
순옥이보다 나이가 많다
지붕 위에 주렁주렁 달려 익어가는 단감이
순옥이 수다스러운 이야기 들으며
질투 나서 자신도 곧 시집갈 날
속으로 기다리며
부끄러움과 수줍음에 얼굴 둘 데 몰라
붉게 물들어 가고 있다
감나무 넓은 잎사귀 뒤로 몸 숨기며
가을바람이 실고 올
낭군님 얼굴 아롱아롱 그려본다.

가을비의 낭만

잦은 태풍에
숨죽이며 숨어 있든 너는
고개 들어 얼굴 내밀고
젖은 마음 둘 곳 몰라
어정거리는 가을 남자가
갑자기 날아온
노래 한 소절에
님 그리운 설렘도
한쪽 가슴에 숨기고

가을 빗속으로 낭만을 찾아
젖은 마음 씻어낸다

들국화

걸음걸음 비바람의 발자국 견디며
성숙한 모습으로 향기 뿌리는
길 옆 들국화

들판에 수놓인 꽃들
지평선 따라 모두 갔는데
외로이 혼자서
님 오실 때까지
들풀인 양 숨어 설렘도 죽이고

비로소
사랑은 가슴에 묻어두고
노을 따라 눕는다

낙엽

높고 푸른
하늘에 취하고
산천에 반하여 노래하며
익어가는
산과 들이 침묵하지만
타들어 가는 단풍이
못내 아쉬워
노을의 서러움 참지 못하여
울고 있다
멍들어 가는 낙엽 들고
낭만을 찾던 내 가슴이
멍들어 간다

낙장불입

시월 단풍을 보고
바람풍이라
예전부터 남자는
풍을 칠 줄 알아야 하고

사나이의 허세가
세월을 쫓아다녔고
삶은
낙장불입이었다

그래도
시월 단풍은
바람풍이다

은행나무 아래서

은행나무가 황금옷으로 갈아입었다
심술 많은 바람 불어 한 잎 두 잎 똑똑
발 밑에는 온통 황금잎이 가득하다

조심스럽게 만지는
부자의 미소가 즐겁다
바람은 놀부가 되어 한 잎 두 잎 똑똑
발아래 떨군다.

은행나무는 아낌없이 황금잎을 내어준다
곧 겨울이 오는데,

강변에서

저물어가는 시월의 회천은
때 이른
눈(雪)이 강변을 하얗게 덮고
가냘픈 여인이
허리 살랑이며 유혹하니
사내는 바람이 되어
이리저리 신이 나서 쓸고 다니며
앞산의 단풍나무는 장승처럼
생각 없이 구경만 하고
강둑 구절초는
곁눈질하며 시샘이 가득하다
솜털 같은 아기들을
아비의 마음으로
등에 업고
시집보낸다고 바쁘며
강변은 억새풀의 향연이,

사내의 온몸에도 눈은 쌓이고
가을은 붉게 익어가고 있다

가을 향기

고희가 지난 내가 소년이 되고
환갑이 지난 네가 소녀가 되고
국화 향기 자욱한 꽃밭에서
익어가는 가을에 취하여
벌과 나비들이 다투어
사랑싸움하고 있으며
내가 벌이고 네가 나비면
아니, 네가 벌이고 내가 나비면
아니다, 너와 내가 꽃밭이 되자
쑥스러운 사랑의 이야기를
국화가 되어 향기 날리고
벌과 나비처럼
마음도
단풍빛으로 붉게 물들어간다

엄마 소식

밤하늘 꽃은 별이다
서녘 하늘 저 높은 곳의 별
아마도 엄마별
눈 오는 날 눈송이 타고 내려온
별들 속에 그 별 하나가
엄마 얼굴 그리며
눈 속을 뒹굴며
별들하고 섞여
엄마볼에 얼굴 비빈다.

밤하늘 꽃은 별이다
서녘 하늘 저 높은 곳의 별
아마도 엄마별
바람 부는 날 바람 타고 내려온
별들 속에 그 별 하나가
엄마 내음 실어 왔다
두 팔을 벌리고
별들하고 섞여
엄마 품에 안긴다.

허상 (虛想)

해와 달 그리고 밤하늘의 별들이
내가 사는 별의 세상을 만들었다
별들의 신은
함께 하는 것이 아니고
짧은 시간 동안만
힘을 빌려주는 것이며,
가뭄의 지친 식물에 물 주면서
나는 작은 별이 되었다
서녘 하늘 노을에 물든
단풍잎은 낙엽이 되고
시계의 톱니바퀴 속에
작은 톱니가 되어
세월을 잡아 놓을 줄 알았는데,
태양이 지고 밤이 되면
달빛이 밝아지듯
작은 별의
멈춤 없는 심장 박동소리
한낮 달빛처럼

허무를 허공에 날려 보내면서
심장의 뿌리는 끝내 찾지 못하고
모든 것 들이 허상(虛想)이라면,
그래도
나는 작은 별이 되었다

명경(明鏡)

불혹의 나이 접어들 때 즈음
어느 날 어머니가 물끄러미 바라보시드니
명경을 보라 하며 아버지가 그리울 때는

물그릇에 먹물 떨어지듯 아물거리는 모습이
쉼 없는 강물이 세월을 업고 흘러가는
회천과 벗하다 보니 고목이 따로 없다
거울 앞에 서서 연기자처럼 침묵이,
아버지가 오셨다
조심스럽게 이곳저곳 얼굴 만져보고 있으니
어머니의 눈망울이 나를 보고
그윽한 눈빛으로 엷은 미소 지으며
내 마음 앞질러 가면서
많이도 늙었구나 하시며 이슬이 맺혔다
자세히 들여다 보니 아버지도 곱게 늙으셨다
두 분은 꼭 쌍둥이처럼 닮았다
먼발치에서 마누라가 다 늙은 얼굴
무엇이 좋다고 그리도 보고 있소
번쩍, 날 찾으며
거짓이 없는 것이 거울인데,

겨울 향기

뜰 앞에는
국화들이 무리 지어
동지 팥죽보다
더 붉게 탄 얼굴
찬 겨울 횡포에도
미라가 된 몰골로 향기 날리니
칼바람의 유혹은 끝이 없다
구월의 미모는
온 마을 꽃물 들이고
인연들은
옆구리 끼고도는
가을바람이고 싶다
이제,
몸과 마음이
산산이 부서지면서
찌들어 가는 얼굴로
향기 뿌리며
칼바람을 조롱한다

5부

계묘(癸卯)년을 보내면서

쉼 없는 세월이 냉정하여
푸른 청룡이 검은 토끼를
산속으로 쫓아버린다

내 삶 속에서
다시 계묘(癸卯)를 만날 일은
내 생각이 끝날 때까지
기억 속에 있을 것이다

시(詩)가 있는 삶을 경험하고
수많은 인연들 만남을 위하여
헤어짐을 생각하는 동행들
언제나 헤어짐은
아쉬움과 슬픔이 마음 누르지만

새로운 것은 설렘이 있고
가는 해와 오는 해가
서로 쓸어안으며
또 다른 행복이 가득한
푸른 세상 속으로,

바람이었다

하늘과 땅은
흰 구름 속으로 숨어들고
함박눈이 내린다.

마음은 소년이 되어
몸으로 세상을 쓸고 다니며
흘린 낙엽에 생각이 멈추고
쓸고 다니는 바람이었다

단풍이 낙엽 되고
마음은 세월을 먹어버리고
푸른 잎의 시절 찾아 헤맨다.

내가 낙엽인 줄 나만 모른 채
함박눈은 소년의 얼굴을 적시며
이리저리 어제를
쓸고 다니는 바람이었다

겨울비

마을에 초상(初喪) 나면
아랫마을 용철이 생일날
코가 빨갛게 물들도록 취하면
두만강 푸른 물에, 한가락 뽑는다

동짓달도 저물고
대한이 코 앞에 왔는데
시절도 용철이 닮아
주룩주룩 청승스럽다

손자 놈 스키장 못 가
가슴 타들어가고
어미는 엷은 미소 머금고 있다

구장댁 울타리
동백나무도 불청객에 속아
꽃망울 터뜨리는 것 잊고
꿈속에서 헤매고 있으며
불청객 가고 나면 바빠지겠다

새로운 시작

연극배우가
무대에서 희로애락을
연기하는 그런 하루를
가면을 쓰고 내면을 숨기고
산마루에
걸터앉아 온산의 노을을
불태우고 있다
소년은 청년의 푸름을 그리워하고
청년은 어른의 권위를 부러워하고
많은 과오들이
긴 꿈 속에서 꿈꾸며
이제 무엇이 벽일까?
마음 가는 대로
끝없는 생의 화두를
노을에 실을 것이다

입춘

절기가 입춘인데
왜 이리도 추위가 더디 가는지
추위가 가는 시간은
내 걸음걸이고
절기가 다가오는 세월은
손자 놈 뜀박질이다
그래도 입춘이다
만물이 움트는 새싹처럼
울렁이는 가슴 안고
봄맞이 가고 싶다
가기 싫은 추위야 넌들 어쩌랴
갈 땐 뒤돌아 보지 말고 가거라

푸른 잔디에
흰 골프공 올려놓고
아지랑이 솟아오르는
높은 창공을 생각한다.

분수도 모르고

반백 년이 훌쩍 지난 예전
어린 시절 친구들과 비교하면
늘 부족한 것 같아 어머니께 투정했다
내 손을 꼭 잡고 어찌 사람이 살면서
다 가지고 살 수 있나 아마도 너 친구도
너를 보고 부러워하는 것이 있을 것이다
사람이 살아가는 동안 분수라는 것이 있다
분수를 잘 지키고 살아야 한다
한참 후 분수라는 말을 이해했다

게으름이 하늘 같은 사람이
사고팔고 파한시장에
시(詩)를 찾아갔더니 좋은 물건은 없고
벌레 먹고 불량품 시(詩) 몇 개 들고
좋다고 히죽이 웃고 있다
분수도 모르고 설치고 다녔다
그래도 체면이 남아 고희가 지났는데
무엇이 벽일까 마음 가는 대로 살지
순전히 분수에 변명하는 미련일 것이다

63

산다는 것은

산다는 것은
봄에서 시작이라
봄에 피는 많은 꽃들
소리 소문 없이 떠나며
열매는 꽃을 먹고
꽃은 열매를 낳고
고통과 시련이
어이 너만의 산고인가
해 뜨고 지고 또 뜨고
암흑 같은
거칠고 머-언 길 왔으며
하늘의 먹구름 속에서도
산다는 것이 보인다.

봄물

햇살이 봄을 안고 오는데
구름이 시샘하여 심술부리고
바람은 그냥 따라 춤춘다
그래도,
벚나무가 양팔 흔들며
지난해 약속을 잊지 않고
화사하게 인사한다
흰 눈 내리며
서로 살 비비고
분홍으로 멍들어가는
내 마음도
봄물 되어 녹아내린다.

매화와 만남

동짓달 매서운 바람에
알몸으로 부끄러움도 죽이고
서러움 참지 못하여
슬피 울기만 하더니
강변 버들피리 소리에
긴 꿈에서 깨어나
봄바람 타고 와
바람에 향기 실어 나르며
화사한 얼굴
실눈으로 바라보며
마냥 웃고만 있는 그대
만인의 연인이 되고
익어가는 봄에
눈 날리는 그대를
그냥,
울렁이는 가슴 안고
바라볼 뿐이다

봄 마중

앞산 마루에 걸터앉아
무엇이 그리 수줍음이 많아
빨리 내려오라고 손짓했건만
눈치만 보고 있나
엄동설한 칼바람과 싸우면서
견디는 너의 인내를 아는지라
고생 끝에 낙이라고
이제, 시절이 너를 반긴다.

아련한 아지랑이 타고
내려오면서 슬쩍 만지기만 해도
매화꽃봉리 꿈에서 깨어나고
온 세상이 꿈틀꿈틀
기지개 켜고 향기 가득하다
재주가 참으로 장하다
이왕 부리는 능력
코로나도 너의 향기로 씻어버려라

아지랑이 덮고 졸음을 즐기고 싶다

꽃샘

마디마디 쌓인 수많은 사연
바람의 기척에
기지개 켜는 홍매화

봄은 왔는데
봄 소리는 안 들리고
긴긴 기다림도
절망의 늪에 빠진다

따뜻한 햇살
아지랑이 춤추며
이 봄 가기 전에 심술 날리고

향기 가득 담은 홍매화
님 기다리는
마음 조급하겠다

산마루의 벚꽃

내 어린 시절 친구
만호 머리통이다
온산마루가
부스럼이 더덕더덕
진물이 흥건하다

사나흘 내린 봄비가
전부 씻어 내리고
산마루는
연초록 머리카락이고
살랑거리는 잎사귀들이
봄인사하기 바쁘다

그 옛날
보릿고개 사연
맺힌 머리통의 추억
나도 벗도
님의 머리카락도
하얀 향기로 적신다.

나도 생각이 있다 - (선거)

옆구리 아무리 찔려도
눈이나 깜박하는지 봐라
양파 까듯이 아무리 까도
마음속을 알 수 있는지 봐라
한번 먹은 마음은 민들레

첫 단추 잘못 끼운 것도
사실을 사실대로 알았다면
믿는 도끼 발등 찍는다는 것도
누가 암까마귀 숫까마귀인지
알길 없지만,

흔들리는 두 마음
여명의 아름다움도
아침 햇살은 용서치 않는다.

마음은 추상적이고
생각은 구체적이라
마음과 생각이 다툼 없이
화해한다면 또 모른다.

6부

꿈 꾸는 노총각

강변 버들강아지 피리소리에
아지랑이 춤추고
산과 들도
부스스 기지개 켜는데
고집 센 함박눈은
부끄러움도 잊어버리고
목련 가지가지에
살포시 내려앉는다.
건넛마을 노총각 칠복이
화사한 얼굴에 반하여
방망이질 치는 가슴 쓸어안고
목련꽃 한 송이
두 손에 쥐어 들고
이별은 또 다른 만남이라
속으로만 불러본다

봄비

기척도 없이
여인의 버선발 걸음으로
늦잠에 취한
들판의 새싹들
파릇파릇한 얼굴로
봄노래하고
뒷마당 매화도
님 생각에
마음 조급하여
꽃망울 터뜨리고
내 마음의
봄비는 언제 오려나,

벚꽃 길

금산재 벚꽃 길
함박눈이 계절을 잊어버리고
햇살을 등에 업고
봄바람 타고 간다.

연인들 꽃길에 반하여
추억 담는다. 바쁘고
웃음과 감탄이
봄바람 타고 간다.

눈송이 하나하나가
산고의 고통이 아름답고
연분홍 향기가
봄바람 타고 간다.

함박눈 속으로 들어가
자라목 같은 마음 털어내고
눈송이 한 아름
봄바람 타고 간다.

만구할매

만구할매 자루 빠진 호미로
담벼락 밑에 콩 심고 있다
아흔이 넘은 노인이

콩 심고 물 주고 수확하여
고령 장에 가서 콩 팔고
호미 사고 만구 눈깔사탕 사주고

또 콩 심고 물 주고 수확하여
고령 장에 가서 콩 팔고
또 호미 사고 만구 눈깔사탕 사주고

만구할매 꼬부랑허리로
자루 없는 호미 들고
만구야 만구야 하고 부른다.

황사

할아버지 말씀에
끝없이 먼 옛날부터
대륙의 기운을 업고
심술 가득한 바람이
편서풍 타고
천군만마의 기세로
덮어쓰는 바람의 오물들
한마디 저항하면 숨도 못 쉬고
만신창이 된다
때론,
무리 지어 귓전으로 스쳐 지나며
몽골말인지 중국말인지
힝-힝-히힝하고 소리만 남기고
우편번호도 없이
천지를 휩쓸어 버린다
할아버지 말씀에
끝없이 먼 옛날부터
이놈이 사라질 때까지
숨어 숨 쉬라고 하셨다

동행

숲이 푸르면
바다의 고기떼도 그리워하며
마음이 푸르면
또 다른 세상이 열리고,

마음과 마음이
하나 되어 고속도로를 달리면
일렁이는 호수의 파장도
요동치는 바람도 잠재우고
클로버 꽃밭 나비가 너풀너풀

만남을 위하여
헤어짐을 생각하고
추억을 그리워하기 위하여
미리 꽃밭을 만들며

맑은 하늘
솜털 구름이
포근히 산을 쓸어안으니
두 마음도,

나그네

바람에 실리어
여행하는 구름이
광활한 바다 한가운데서
고래를 만나
봄여름 가을 겨울을 찾는다 하니
측은한 눈빛으로
마음은 언제나 미래에 있고
떠나는 가벼운
발걸음이라 하며
사나운 바다를
유유히 가르며 걸어간다
구름도 비가 되어
살포시 고래 등에 내려앉으니
하늘이 열리고
이제,
햇살이 나를 비추다

이팝나무

오월의 녹음이
산천을 포옹하는데
심술 많은 송화가루는
산천을 덮어버리고

회천의 가로에는
가냘픈 여인이
수줍음 가득한데

용심 많은 바람이
이리저리 허리 쓸어안으며
희롱해도 안중에도 없고

그저, 미소만 지으며
하이얀 맑은 마음으로
사랑을 주렁주렁 달고
오월의 향기를 뿌린다.

눈치 - (부부)

하늘이 흐리고 내 육신의 관절이
쑤시고 저리면 비가 온다는
하늘의 마음을 모르는 일 없고
대문 지키는 똥개가 꼬리 살랑이며
반기는 이유는 배가 고프다는 것을
한 이불 덮고 살면서
이참에, 말은 말인데
내가 발바닥도 아니고
도갓집 강아지보다 못하다는 것은
어림 반 푼도 안 되는 이야기
절간에서 새우젓 얻어먹는 재주도 있다
옆구리 푹푹 찌르며 나무라지만
슬쩍 피하는 것은 무서워서가 아니고
지는 것이 이기는 것이기 때문에
속으로만 생각하고 모른척할 뿐이다
살다가 보면 귀찮아서도
귀찮은 것이 귀찮아서 침묵하는 것이다
개뿔도 모르면서,
그래도 눈치는 구단이다

안개 속에서

앞산 뒷산 소나무들도
반운(盤雲)리 안개 밭의 전설을
먹고 살아간다
몸과 마음 술래잡기하며
소나무 걸음으로
모든 것들 허우적거릴 때
민낯의 부끄러움 사라지고
님의 맑은 눈망울과
빛의 향수(鄕愁)를 찾으며
바람이 회천을 쓸고 지나니
민낯의 부끄러움 살아나고
비로소,
윤슬이 춤추는 여울에서
잉어 떼 짝짓기 소란스러운데
님의 맑은 눈망울은
온데간데없다
안갯속 추억이 허우적이며
아쉬운 마음 가득하다

7부

소낙비

오고 갈 때 약속 없이
행동하는 버릇은
아랫동네 술주정뱅이
아재 걸음걸이

몸과 마음
갑갑하고 후덥지근할 때
한 줄기 시원함은
그리운 사람이
가지고 온 나팔꽃 사랑

마음도 초록으로 씻어놓고
작별 없이 사라지니
싱그러운 이파리들
가슴속에 숨겨 놓는다.

비슬산 참꽃군락지

무지개가 늙어
쓰러진 꽃잎들
비슬산 바람이 시샘이나
잔잔한 파도가 되어
노을을 유혹한다

수많은 벌들이
님 찾아 모여들고
추억 담기 바쁜 내 님
머리카락 내음 쫓아
나는 벌이 되었다

우기의 시(詩)

지루한 마른장마가
며칠을 두고 비가 오다가 말다가
신선들이 몰고 온 바람에 밀리어
청명한 하늘에 흰구름이 드문드문
돛단배가 되어 둥둥 떠다닌다.
흰구름 마루에 반상(盤上)이 세워지고
두 분 신선이 마주하여 세상놀이한다.
남녀노소 할 것 없이 잘난 자 못난 자
색색을 가진 인간들의 놀이를
그 속에 한 사나이가 황금돈으로
자리 만들어 깔고 앉아 슬피 울고 있다
흰구름 마루에서 세상놀이하던
신선 한 분이 혀를 차면서
하나가 더 있으면 하나가 없고
권력 재력 건강 복들마저
서로 주고받는 것을
무지한 인간들은 욕심이 하늘 같아
깨닫지 못하는 것 어찌하랴

두 분 신선은 반상을 쓸고 학이 되어
서로 다른 방향으로 날아간다.
청명한 하늘엔 서서히 먹장구름들이 모여들고
검은 비가 되어 세상을 적신다
사나이는 슬픈 미소를 머금고
황금 돈다발을 하늘로 뿌린다.

낚시터 터줏대감

회천 낚시터 터줏대감 사라졌다
언제부터인가 날밤 없이
낚시터에 보리짚 모자 쓰고
앉은뱅이 허수아비처럼 앉아
세월과 씨름하던 사나이

회천 붕어 씨 말리겠다.
전생의 용왕님께
빚 놓은 것 받는 중이란다
소주 한 잔 하면
아들놈 국가 태권도 대표선수 되고
딸년 구급공무원 시험 합격하면
내사 부러울 것 없다 하며
기세등등하다

풍문에 아파트 경비로 취직했다 한다
아마도 용왕님께
받을 빚도 대충 받은 모양이다

경비실에 다리 부려진
장승처럼 앉아
낚시터 완장 찬 반장처럼
회천 낚시터 터줏대감 살판났다

날마다 공일이다

반공일이면 그냥 좋다
내일도 공일이기 때문에
젊은 날의 반공일이
피씩 웃으면서
뒷짐 지고 걸어가다가

대문 옆 그늘진 곳
시원한 담벼락에서
불어오는 바람에
오수를 즐기는 백구 만나
심술 나서 슬쩍 발로 차니
이놈이 무섭도록 덤빈다.

가슴이 덜컹
맥이 없는 내 꼴
오뉴월 개 팔자가 상팔자라
이런 팔자 나는 몰랐다
이제는 날마다 공일이다

팔월의 땡볕

태양이 노하여 불비를 뿌리니
이글거리는 찜통이 따로 없다
숨쉬기 갑갑하고 피할 곳 찾지 못하여
서성이다가 느티나무 그늘에 앉았다
고추잠자리는 붉게 탄 몸매로 비행술 자랑하고
늘어진 나무 위에는 매미들이 가지 속에 숨어
노래하며 잡아 보라 조롱한다
팔월의 땡볕은 수 없이 경험했지만
오늘 새롭게 또 당한다
고추잠자리 귓가로 스쳐 지나며 하는 말씀이
매미의 세상이나 내 세상이나
햇살을 잡아놓지는 못하지만
그래도 태평성대의 시대란다
이제 무더위를 가라고 재촉하지 않을 것이며
매미소리 베개 삼아 가을바람 꿈꾸며
오수(午睡)를 즐길 것이다

눈빛이 마주칠 때

어떠한 이유가
사람과 사람사이 발생하여
만남이 인연이라면
낮과 밤이 이루어지듯이
만남은 인연을 만들고
인연은 만남을 만들며
눈빛이 마주칠 때
대화 속의 감정이 싹트면
사랑이란 꽃이 피고
움트는 새싹이
파란 잎이 될 때
붉게 익어가는 사과처럼
진솔한 마음이 하나 되고
모든 것들이 인연이라면

이유를 밟고 걸어갈 것이다

소나기

먹구름들의 반란이
맑음을 잠재우고
무리 지어 내려오며
고통과 슬픔에서
터져 나오는 통곡소리
온몸을 던져 적시고
눈에 보이는 모든 것들
씻어내고
이제,
여기 다툼 없는
꽃구름 떼 지어
다니는 세상

바람의 회상(回想)

팔월의 아침 바람은
앞산의 솔향기도 있고
한가위 내음새도 있다
멀고 먼 생각을 담은
때 묻은
일기장도 씻어 놓고
오랫동안 숨어 있는
뭉글뭉글한 구름을 깨운다.

팔월의 아침 바람은
찌던 무더위를 씻어 놓고
여름을 흘려보내며
코스모스 파도 타고
찾아올
그대를 생각한다

단비

논과 밭 타들어가며
검어지는 가슴속
거북이 등마루에 앉아
저들의 세상인 양 폭염이
햇살을 안고 사라지니

하나 둘 바람들이
춤추며 나무들과 흥을 돋우며
구름 속에 숨어있던 너는
과일의 향기 담아 오고
매운 고추냄새도
한마당 춤사위가 지난 후
거북이등도 아물어 들고

한 사나흘 쉬어 갔으면,
내 마음도 푸르게 물들 것이다

뻐꾸기의 울음

강 건너 산에는
슬픔이 가득하여
뻐꾸기 울고 있다

불구경하듯이 보고만 있는 나는
지게에 청춘의 혈기를 올려놓고
일어설 수 없어 사시나무 떨듯이
가난의 서러움 하늘 보고 원망하며
허리 펼 수 없어서 애태우고 있는데
뻐꾸기 날아와
지게 작대기 손에 쥐어주어
이마의 솟는 땀방울 소매로 닦으며
벌떡 일어나면서 청춘을 불 질렀다

강 건너 산에는
뻐꾸기 울고 있다
지게 작대기 손에 들고
그냥 불구경한다

8부

기차는 달린다

그대는 참으로 비밀스럽고
가까이하기가 무척 어렵습니다.
몸가짐이,
소나무 같으며 걸음걸이도 빈틈이 없어
좌우로 흔들림을 본 적이 없습니다.
조심스럽게 걸어가면서도
무섭도록 바람같이 달려갈 때는
장마철의 번개 같습니다
모습이 너무나 준수하여
웃음이 없을 때는 두려움도 있으며
기회주의자들이 고개를 들고 다니는
어수선한 세상에도 좌우를 돌아보지 않고
삶의 종점을 알고 있는 것처럼
묵묵히 앞만 보고 달리는 모습은
인왕산 기차 바위입니다
유혹과 비리에 타협하지 않고
절대로 얼굴을 옆으로 돌리지 않는
청렴결백한 선비의 모습이 숨어 있고,

때론 가냘픈 여인처럼 보일 때도 있습니다.
이제, 마음이 평화롭고
그대가 가는 삶의 종점은 어딘지 모르지만
멈출 때까지 그대의 가슴속에 있을 것입니다

검은 자갈

여기 모난 돌 하나 있다
사는 것이 지루하여
어른 되는 꿈 꾸며
숨이 목젖에 걸리도록
사통팔방 내 집처럼
조금씩 밝아오는 세상 보는 눈
날마다 하늘 보고 주먹질하고
때론, 헛발질도 했다
이리저리 굴려 다니는 모난 돌
회천여울의 자갈이 되었다
홍수가 힘자랑하면
큰 돌 뒤에 붙어 숨죽였다

검은 자갈 가슴에 품고 있다

꿈꾸는 시인

맑은 정신이 생각을 깨울 때
흘린 단풍이 낙엽인 것을
내가 낙엽인 줄 나만 모른 채
심장을 찌르는 큐피트
화살을 찾아 허우적거리는
시인의 이상이
한 편의 시를 위하여
늘 푸른 마음속에 들어가
붉은 장미의 향기를 그리워하며
오늘도 꿈 속에서 헤맨다.

단풍잎 떨어질 때

먼먼 아련한 연둣빛
가을바람에 날아가고
시절에 물들어
타들어가는 가슴

붉은 연정
그리움에 마음 저리고
서녘에서 불어오는
바람에 몸 싣고
나비 같은 춤사위
단풍밭에 몸 던진다.

구름 타고 가는 마음일 것이다

단풍잎에 시(詩)를 실어

개미의 작은 가슴으로
세상을 들여다보니
무엇을 보고
무엇을 생각하며
무엇을 느낄까
골방에 갇힌 세상

큰 돋보기안경 쓰고
가을 하늘 우러러 보니
시린 눈 주체할 수 없다

세상은 울긋불긋
가을은 익어가고
바람이 스쳐 지나가면서
흘린 단풍잎에
시(詩)를 실어 날아와
내 걸음 앞에 머문다

바람의 실체

강둑 숨은 곳에서도
한그루 나무가 싹틔우고
푸름을 자랑하며 단풍 되어
살아 있음을 알리는데,
허공 중의 허공
실체도 보이지 않고
눈으로 귀로 손으로도
확인할 수 없으며
어디서 오며 어디로 가는지
나는 너를 모르고
너는 나를 잘 알고
초여름 서늘한 어느 날
상쾌함이 가슴속까지
적시는 너의 기운을 느끼며
세상에서 가장 가까운 동행인 것을
온다간다 말 한마디 없이
행하는 버릇은 여전하지만
이미 내 가슴속 깊은 곳까지

억새풀

회천 윤슬도 강남바람에 춤추고
파릇한 얼굴 내밀 때
하마, 다칠세라 걸음걸음도
너를 안고 싶었다.

한여름 낚시길 지나는 길손들
양손에 면도칼 들고
사정없이 춤추는 모습
연정이 뚝 떨어졌다 배신감이

이산 저산 단풍 물들고
솜털 같은 얼굴 허리 살랑거리며
은빛 반짝이는 자태
가을바람에 장단 맞춘다

여름에 당한 분노는
추억으로 날려버리고
파릇한 내음이 그리워
속으로 묻는다 너의 본심은,

해후

긴긴 기다림이
꽃과 벌이 간절함이 하나 되어
만남은 우연이 아니다
인연은 동전의 양면이다

몸과 마음을 감고 있는
거미줄을 단번에 걷어버리고
아련한 그리움을 새기면서

주체할 수 없는 흥으로
붉은 장미 한 송이 들고
한 잎 두 잎
산산이 부서져 날아갈 때

아득한 세월의 사연을 품고
그리움이 풀어지는 날
비틀거리며 춤을 춘다

나이

가슴속에 삼신(三神) 할매가
항아리 하나 넣어주는 것을
오랫동안 잊고 있다가 문득 생각나서
항아리 속을 들어다 보니
세월이 가득 들어 있다
세월의 단맛에 중독되어
곶감 빼먹듯이 하나둘 먹었다
어느 날 항아리 속이 궁금하여 들어다 보니
바닥이 보여 조급한 마음에
뒷들 대봉감나무 홍시 생각에 갔더니
손에 닿는 홍시는 없고
높은 곳에만 주렁주렁 달려있다
한참 궁리를 하고 있는데
까치들이 무리 지어 매서운 눈초리로
남의 삶을 탐하지 말라 한다.
아쉬움과 부끄러움 숨기고
항아리 가슴에 쓸어안고,
대봉감나무 홍시는 그림의 떡이다

107

시인의 말

먼저, 충청권 일간지 대전투데이에서
저의 부족한 시를 매주 한 편씩,
15면 시의 향기에 연재하게 허락해준
사장님과 관계자 여러분께 진심으로
감사드리며 대전투데이에 큰 발전을
기원합니다.

2023년 매주 금요일,
2024년 매주 수요일 게재했다.
이제, 2년분 연재한 시를 모아
시선집 〈푸른 하늘 아래서〉를 펴냈다.
때론, 원고 마감일이 촉박했을 때는
한 편의 시를 위하여 피를 말리는
고통도 있었지만, 지나고 보니
아름다운 추억이다.

2025년 춘삼월

백성일

푸른 하늘 아래서

초판 발행 2024년 4월 25일
지은이 백성일
펴낸이 김복환
펴낸곳 도서출판 지식나무
등록번호 제301-2014-078호
주소 서울시 중구 수표로12길 24
전화 02-2264-2305(010-6732-6006)
팩스 02-2267-2833
이메일 booksesang@hanmail.net

ISBN 979-11-87170-91-4
값 10,000원

이 책의 저작권은 저자에게 있습니다.
저자와 출판사의 허락 없이 내용의 일부를 인용하거나 발췌하는 것을 금합니다.